AF196080

Bürgerhäm22

.

 tredition

Platz für eine Widmung:

Ich freue mich, Dih gefunden zu haben, Aufschläger*in!

God save the häm!

Frederike Heyer-Bellmann

Bürgerhäm22

Neuhe Lührick four yu

© 2022 Frederike Heyer-Bellmann

Buchsatz von tredition, erstellt mit dem tredition Designer

Verlagslabel:

ISBN Softcover: 978-3-347-72990-2
ISBN Hardcover: 978-3-347-72991-9
ISBN Großschrift: 978-3-347-72993-3

Druck und Distribution im Auftrag des Autors:
tredition GmbH, Halenreie 40-44, 22359 Hamburg, Germany

Das Werk, einschließlich seiner Teile, ist urheberrechtlich geschützt. Für die Inhalte ist der Autor verantwortlich. Jede Verwertung ist ohne seine Zustimmung unzulässig. Die Publikation und Verbreitung erfolgen im Auftrag des Autors, zu erreichen unter: tredition GmbH, Abteilung "Impressumservice", Halenreie 40-44, 22359 Hamburg, Deutschland.

Verstopftes Kopfkissen

Ohne Zweifel und Ärger bleibt dieser Augenblick- für sich wirksämig-

das Allerschönste,

um schmackhafte Selbstverwirklichung einzuschenken

den Krügen

berauschenden Selbstes,

um auf diese Weise neue Häuser zu bauen,

in die Dichtungen einziehen

mit der Zuversicht,

die Träume vom wachenden Sein in Wahrnehmungen

wie im großen Murmelspiel

zum Finale so zu wandeln,

dass die Zinseszinsen der Zin-sen

ihren sprudelnden Goldwert

Dir

mitten in den Namen jauchzen

Wetterleuchten/die eitle Nach-barin lacht wieder/ Nebel 24 th

keuchen, husten,

mangel an freude und licht

in den kellerverließen

neben verrusten gehängen

an den füßen ketten der lust

verpuffter freude,

der abgelegten suche nach sinn/

gebolzenen glaubenshartholz/

worten/

sag: wie entwickeln sie sich?

sätze/wie werden sie erbaut?/

zusammenhängen/ideen   und
spirituellen

lauten, die töne mit melodien
gebären.

um 24 Uhr nahe der siebten
minute im traumlosen traum:

wetterleuchten,

gewittriger elektrometeor,

der den nebel donnerlos

aus dem verstande spült,

den ruß ausreinigt mit einem
regen,

der modezeichnern steht,

gestrüpp an gemüsegärten

und dornöschenhügeln weg-
küsst,

schlafkoppeln und wollmäntel
überflüssig macht,

sagte sie auf Level 23,

aus einer dieser entfernungen,

die zur nähe rufen

Deine Anwesenheit

Die Fenster in meinem Kiez

bei 30 Euro pro Quadrat

tragen lustige Gitter im Erdge-
schoss

und meiden solche Blumenkä-
sten,

die sie mit Spritzern belästigen

Die Mädels in meinem Kiez

brauchen keinen Verlobten

und knieen auch nicht beim Scheuern der Böden…

Die Jungs in meinem Kiez

können Buchstaben auf Papier lesen

und scheren ihre Nasenhaare

Die Frauen in meiner Allee

lassen rote Linsen in Restaurants kochen

und verschweigen den Kork im Wein

Es duftet nach Parfum und Leder

vor den vielen Geschäften

und für diese Düfte

stirbt man im Nachbarkiez

Wie die Katzen

suche ich ein bisschen Herbst-sonne

und dann gefällt es mir, einen Apfelkuchen

nicht zu schnell zu essen

Wenn ich durch meine Allee gehe,

kann ich deine Anwesenheit spüren

Kapitalistische Dornenwege zum eigenen

Herzen

arco iris negro

da wo der wasserfall sucht

und findet seine quelle

taö talk taö

der vormittag weiter

sich neben der windlichtkrater-
haut

erdolcht virtuell die buckelige
krähe-

unter dem baum,

der sie auffraß,

between all the potentials

auf dem schutzmantel bester informationstücher-

signalleuchten-

auf der lustigen lade der zeit;

in der luft schmalzt neorave,

stolpert lea wie immer in ihrer realität –niemals mitzüpfelnd-

eingetaucht in den naschkasten,

der vorgezeichnete linien

glattbürstet als ein ehemaliges:

ein wunschkind!

kleinwinzig wie im mikroskop,
zellenhäuflein am anfang

ohne pinzette und sonde,

nebelkerzen im schatten der
urmami.

zermürmendes warten gewickelt

so heiß,

dass die alte zweitfrau des
Hauswartes popelt

Wundervogel-breakfast um halb elf

Kürbisorange lockt der Morgen-

Eine Lustwiese, die ins Tänzeln gerät,

sich wie halbwarmes gestriges Wasser

strubbelig wie abgeturned und bis auf die nackte Haut sinniert,

keine Feen mehr auf dem Kaminsims erduldet,

kein Dunkel der alten Stämme in den begierigen Kellerfirnissen beartet-

take a stroll!

Unbegrenzt spannen die spitzen Augen, unberührt von all den Metronomen und kieselvollen geilen Kirchturmspitzen abgetragener LebensHistorie-

Unansehnliches würgt neues Land aus letztem Atemrachen,

auf der Rückseite all der Spiegel- auch der 666er Serie der

UrAlten,

und du blickst auf das Gedächtnis und wunderst dich schon.

Take a stroll

Du blickst auf das Gedächtnis
und formst dir eine biegsame
Schnur zweiter geweiteter tasten-
der Ahnung,

aber auch heute stirbt sie nach
all dem forschen Streben nicht,

ihre plastizinen Erinnerungsgum-
mies tänzeln noch,

in den Pappeln müder Gierfin-
ger,

in den Tannen neoklassizisti-
schen   Giftgeistdeutschtümmelt-
ums

inmitten freigedrängter symboli-
scher Räume:

atmosphärisch   mehr   als   ihre
Stimme,

mehr als fahler Atem,

mehr als Sightseeing am Rande
des Comer Sees,

der des Wilmersdorfer Balkons diesseits der machtvoll mittig zer-schnitten Schneckentorsi.

Take a stroll

Neuland,

Flachland,

Weideland

in Hamburg

und von Hamburg

nach Berlin,

Keith Miller sagt sie,

habe ihr in den Pullover gegriffen, fünfzig Jahre vor ihrem Schlaganfall,

in Dortmund, Essen oder Bochum.

Take a stroll, honey babe,

würzelt der alte halbstarkstromstone

in ihrem Koppe

wie einer dieser Gedankenaffen,

der sie an der Tafel-

sich am prallen Sacke kraulend-
überfällt

ohne dass die nette Security ein-
schreiten könnte

sommerlochseelenbaum

ihr feuer mit der silberbronze aus
gräbern

emporgejauchzt   neben   der
schule,

unter den dächern.

im dampfenden rostigen som-
merloch

die gräber,

immer wieder schreiend in visi-
onsfreien träumen in level 23

und bis in die durchlichteten
ströme hinauf

wie eine virtuelle frucht

am   mädchenaugensack   mit
brennender brust-

23168/ze (abbitte)-

gegraben in die kissen der neu-
gierde,

neben dem gras,

getränkt,

gestoßen,

betört geliftet

über die regenwürmer

jenseits des hochmuts

letzter cowboys und fahrtmä-
dels-

kinder auf fahrrädern gurgeln

durch die sommerferienwege,

meidend die sesselpupse der
greise und lodernden gaskamine

wie es immer so war und gewesen
sein wird (haucht der weise zwei-
jährige),

scheißend auf durchmengtes
schwarzgrau;

aufgezeichnete schläfchens,
kunsthasenblueserinnerungen,

durch fenster schielend zur
geliebten am see N0 4

–wat fürn duftejut-

mottenreich an den angeln der
alten welt

im aufbruch

zur neuen gattung

im inneren der klingender
schelle

mit genießendem ausklang,

einmal sagte sie,

sie wisse um diese levels und so

und senkte sich aus der lila
wolke direkt auf den schaumkro-
nenkuss

der beute der verstorbenen.

olga, die ostukrainern,

verstand sie nie,

lächelte bald nicht mehr,

schluckte gierig festlassend,

dennoch fürchterlich unsinnlich,

am viersterne-weinbrand

mit obligater zigarre,

las ein sexistisch wenig spirituel-
les buch im original

und schlief-wieder einmal-dar-
über ein,

während der integrationsgipfel
zipfelte.

Alles andere als eine pilgerfahrt,

alles andere als eine weitung der
häute,

alles andere als eine erinnerte
klage von wartenden wintervögeln

am bitterfelder schlosshügel.

sie kommt mit zwei blauen augen

und schlapper leber davon,

hofft die nachbarin- saugend

Zwischen Hölle und dunklem Sumpf

Berührte mit den Zehenspitzen nicht mehr die Wimpern der Welt,

wagte nicht all die Flügel zu streicheln,

bis die Bilder sich freigaben rund um die Grotte der Nacht.

Als die süßen Beeren nahe der Kastanienhecke im Sturm nicht mehr sangen,

kein Laub mehr versprach und nur noch eiserne Stabreime preisab,

ließ der kommende Morgen sich
knorrig nur noch erahnen.

Dort, wo Locken und Glatzen
sich einsam erproben,

Worte von Kindern und Zukünfti-
gen sich im Schneeball nie ver-
späten;

dort, wo die Angst

-vor Unfällen mit Motorinos,
Glätteweihung, Verhaftungen im
Zonengrau,

nahe den Gefängnispforten-

tauchte ein in ihr fades verzer-
rendes Licht.

Zwischen Hölle und dunklem
Sumpf.

Unter dem tropfendem Regen-
dach wirktest bald auch Du frei
und stelltest die Fragen anders als
im Leben,

wenn die Linien nur Linien repro-
duzieren und der Kreis sich aus-
lobt das Rund.

Der Himmel bleibt nur klein,

wenn das Herz sich dann dehnt.

Die Hölle klebt an Dir,

wenn Du klebst in der Absicht.

Indian Summer (SeelenGaben-tische III)

In den Gassen spiegelt sich gedämpfter Mond,

auf schrägen Dachterrassen tau-chen dumpfe Schatten,

entbunden die eitle Raumeszei-
tenfrage

nach dem Tribut für Sommerson-
nenkörbe

als Keim für neuen Mut.

Prachtvollem Seelenkleid droht
niemals -wirklich niemals- eine
Leere!

Lichteskraft gibt lobend sich
auch

deinem jüngstem Traume hin!

Es naht nicht nur Hoffnung aus der Ferne. Nistkorb schwingender Erlebenswärme!

Efeu an Kantholz II

Nicht nur persönlich gaffen,

Charakterstudien digital und seelenbeißend in der Klage,

Tropfen für Tropfen eingepackt in geschenktes Papier.

Freilich bleibt der Weg

vom Bad in den Flur den Wesen sperrig,

selbst der Vogel verkürzt um ein Viertel die zugemessene Zeit.

Aber der Krieg allein, da er kein Liebeskrieg ist,

verweilte im Verbrechen und bei der Strafe.

Von pralldürren Zeitungen und fetten Streamingmedien ertrotzt.

The pursuit of happiness lobt sich aus die kernigsten unter den Monaden?

Ich liebte einen Traum, sodann

verdroschen schien der Schein,

es blieben nur Sterne als die Stümpfe schon düstern krachten.

Wiesentänzchen

Keine noch so stürmischen Him-
melsfarben geben deine Augen-
farbe wieder.

Lautlos gleite ich auf meiner
Spur,

suche die Farbe,

gebäre Potenziale ungeschützt,

taste jenseits der Buchen,

vermeide Blindgänger des
Seins,

ertauche mir Kletterrosen-

im tiefsten Ringen-traumlos:

Sprachloses Schweigen bricht

durch durchsichtige Worte.

Wenn dieser Tag mein Tag ist II

Wenn dieser Tag mein Tag ist,

die Hand sich von der Herdplatte löst,

der Fuß sich aus der Schlinge zieht,

werden die lautlos überwundenen Wortsperren sichtbar,

Bewusstseinsfragmente ganz auf der Suche nach dem Aufstieg,

fort aus letzter Geiselhaft der alten Stätten, listigen Moore und lüsternden Einfalt,

sich hingeben ohne sich preiszugeben

jenseits von Angst, Zweifel, Isolationsgewitter,

entlang der schwarzen Kohlefelder

in der Ferne,

verbunden mit dem Leben,

dem Sein,

dem du das Sein gibst

aufwachen doch noch

aus nachtmachtnebel erwacht

dein zärtliches gesicht

dem traumland

ahnend noch verbunden

im winterlichen geisterwald

eines jungen feuchten tages

tastelnd,

lächelnd,

bald schon findend

durchtränkter   halbbewusster
kuss

von süß zu süß verleiht mir die
kraft

den eisnebel auch heute

wieder zu durchleuchten

täglicher versuch

Nach der Salzwüste ist

...vor der gerollten Klage-schrift

Meeresweite,

mich erfreut dein Gesang,

verzaubernd die Sternverwehun-gen

an deinem ewigen Strand,

mit brandenden Empfindungen

und Gefühlen,

auf der Salzwüste deiner Hand,

klingend mit den verheißenden

Melodien

der Sehnsucht und der Stille

wie Salz auf den Flügeln unserer
Götterboten im Grund des Seins,

entkommen

dem Feuerwogen einst,

nun

korallenmündig belebt

Großhirn

die düsteren eichen trifft es

abgenabelt und zerhackt;

hohle stämme an den rändern
ihrer augen;

septembernebel kann da keinen
halt, garantieren den haltlosen

sträucher, büchern auf den wie-
senknien-

badeanstalten in der nähe:

gestalteter kontext freier wesen

jasmin,

weißdorn,

anemonenfische,

wieder fliederlieder,

vogelbeeren,

nördlicher windhauch,

pflaumenbäume

als ersatz für die letzten von krähen zerfetzten äpfel;

bienen und hornissen plaudern
in diesem jahr nicht mehr,

werfen keine schatten,

werden zu erinnerungsmonstern

-in der halle fieser serientäter
und der gemäldelauschereien
ganzer dicker, nahezu fetter schul-
klassen.

respektloses hüsteln muntert die
morsche neopunkerlise auf,

kratzt am selbstbewusstsein

der letzten dienerin in diesem cafe locker

auf der suchbande

nach der frischen identität:

des ortes,

der rechten zeitschiene

und vor allem: nach dem atmosphärischen balsam!

stadtteile zersplittern in all der achtlosigkeit jener,

die von achtsamkeit,

nachhaltigkeit,

fahrradstengelökologie

-des neugetunten sinnes-

schreiend denken

und

flüsternd sprechend

in der interaktion durchnässter windeln nach dem heißen sommerhades und

kalter heizungszungen.

zuckerrübensirup des alten stadtrates herbert wachmann ist kein vorbild mehr den jünger*innen der neuen alten entstaubten

und aufgetürmten umfänglichkeit,

des frischen maschinenzerlaubens,

des kuchenmehlsingens und kunstwerkpolterns am randloch vergessener stiftungen,

im grünen, vor den hallen

und hinter den hinterhofzugän-gen

der tanten und onkels.

kardinal meyer-würzbach wurde kurzerhand gefoltert, virtuell und inmitten eines mittelalterlichen kaufhauses, vom täter weiterhin reichlich keine spur;

der erste schnee verhüllte sie wohlweislich, mischte legende und gebastelte realität in aussparung des neocortexes.

ja, erquickte medizinale freundinnen, euer großhirn gliedert sich in einen äußeren teil(rinde oder cortex cerebri, graue Substanz) und einen inneren teil (mark, weiße substanz).

bitte bedenkt: die großhirnrinde (cortex cerebri) ist zwischen zwei und fünf millimeter dick.

die alte matratze besteht aus dem isocortex (oder neocortex) und dem darunter liegenden allo-cortex.

scheibenkleisteregal,

ihr legt euch im mai sowieso wie immer mal wieder ohnehin und ohne sinn wieder ins gras,

bekritzelt die grashalme,

bemeckert die krähen im novem-ber, lest eure krimis,

füttert enten und fettleibige nut-
rias, auch werdet ihr euren
enkel*innen gegenüber das inter-
essanteste verschweigen,

weil sie nicht danach fragen werden

auf der anhöhe der friedhöfe,

nach dem verzehr kubanischer
apfelsinen,

chinesischen popcorns

und neorussischenhefekuchens.

wollen wir spielen?

arco iris negro

da wo der wasserfall

sucht

und

findet seine quelle

lichtest auch du

in einer, deiner ursprache

zum tage hin-

wie du es tatest,

als die namen

noch namenlos waren

und das gesagte

im reinen bewusstsein

sich das neue sein

noch erträumte

Zeitfracht Medien GmbH
Ferdinand-Jühlke-Straße 7
99095 Erfurt, Deutschland
produktsicherheit@kolibri360.de